경전에 이르는 길

시와소금시인선 · 028

경전에 이르는 길

김 임 순

시와소금

ⓒ 김임순 시인

- 경남 창녕 출생
- 2013년 공무원문예대전(안전행정부장관) 은상
- 2013년 《시와소금》 연암청장관문학상 당선
- 2013년 《부산시조》 신인상 수상
- 부산문인협회 회원, 부산가톨릭문인협회 회원

앞마당 떡돌 뒤 켠 석류나무 한 그루
도톰한 붉은 꽃 피워내던 자리에
가을날 터뜨린 속살
투명한 꿈 보석입니다

재우다 재우다 터져버린 그리움
바람에 헹궈내고 햇볕에 말리어
은근히 드러낸 속내
내 석류는 부끄럽습니다

새콤달콤 입 안 가득 벌써 와 고이는
눈감고 생각만으로 기별이 먼저 닿는
석류알 잊혀지지 않는
시가 되고 싶습니다

▋ 차례

▋ 시인의 말

▋ 제1부 : 이명 앓다

■ 제2부 : 화왕산 일출

▌ 제3부 : 바람의 남쪽

▌제4부 : 휘장을 걷다

▌작품해설 : 박지현

제 1 부

이명 앓다

접시꽃

접시꽃 꽃접시로
식탁을 차려볼까

조물조물 유월 담아
그리움도 가지런히

조각보
청보리밭 질러
달려오는
한 아이

이명 앓다

고향집 텅 빈 방을 털고 쓸고 닦았다
노동을 내려놓은 허리결린 절구대도
긴 호흡 가다듬으며 바람소리 엿듣는다

손대면 푸석푸석 허덕이며 일어섰다
겉보리 뽀얗게 우려 배불리던 절구방아
어머니 해진 시절이 화석처럼 새겨졌다

절구통 사라지고 그때의 시간 잊힐까
방안으로 모셔졌던 꿈 앓았던 절구대
혈류의 봉인된 시간 빈 방에 가득하다

소설진경 小雪眞景

제 무게를 버려야만 눈보라를 견딘다
겨울나무들 기억 벗고 지난날을 묻는다
아직은 가야할 길이 가지 끝에 남았는데

힘껏 품어내었던 사춘기적 봄날예감을
가슴 깊이 들이켰다 다 게워낸 새벽녘
빈 하늘 괄호의 날들이 눈발로 흩어진다

가슴에 뜨는 별은 경계선 밖 꿈의 배후
한 발 한 발 저어가면 상처 또한 만나리
눈보라 푸른 울음 뒤 다시 쓰는 삶의 문장

추전역에서

서늘한 태백산의 기운마저 서걱대는
백두대간 팔부능선 맨발 추스른 추전역
정지된 시간의 한 때 젖은 날이 고여있다

원근법 수채화가 긴 철길을 풀어내고
고단한 석탄열차 아직도 달리고 있는데
하늘 역 멈춰선 뒤로 돌아올 길 지워졌다

어디서 놓친 걸까 역류하는 생의 조각들
지나쳐온 간이역이 발길에 채이는데
매봉산 흰 날개 짓만 푸른 하늘 끌고간다

* 추전역 : 강원도 태백시 추전2동 해발 855m 남한에서 해발고도가 가장
  높은 곳에 위치한 기차역. 태백선 개통과 함께 역사가 신축되었지만 지금은
  12월~2월 동안만 운행하는 눈꽃열차와 O-train 만 잠시 정차하는 곳.

청매실

잘 익은 햇살 골라 심호흡 들이쉬고
오방색 고루 섞어 재채기하듯 쏟으면
발자국 표시도 없이 누군가 다녀간다

헐벗은 꿈 돌려 깎아 한 땀 한 땀 기워내듯
너덜겅 발길 막던 습습한 터널의 날도
매화 골 긴 산등성도 통증 잊고 매달렸다

보송한 솜털의 빛이 시린 시간 흔들어대면
객기도 섣부름도 차마 묻지 못한 안부
신들린 붓끝 난장도 옹골지게 매단다

아픈 광고

1.
전봇대에 붙어있다 못 받은 돈 받아준다고
돈의 길엔 협잡꾼 구더기 꼬여드는 법
대낮의 빨간 거짓말 전봇대가 불붙는다

2.
고양이에게 대책 없이 밥 주지 말라는데
쥐새끼 밥 주지 말란 말 아직 들은 적 없다
자본의 뜬금없는 인심 정의처럼 짙푸르다

3.
휘황한 도심의 밤 오토바이 배팅이 한창인데
반라의 여체 전단지 아스팔트가 축축하다
시절은 늘 수상했다 갈 곳 없는 소나기처럼

격정

햇살의 틈사이로 드세어진 바람결
나무는 다독이며 잎들을 보낸다
풀밭 위 모로 누운 낙엽들 꽃으로 살아난다

격정의 한 해 살이 다다른 곳 여기인가
부풀던 그리움도 끈질긴 기다림도
먼 하늘 가슴 시리도록 낮달이 파랗다

내려놓는 자리마다 흙냄새 파고들어
나이테 새겨둔 정 아픔으로 전해와도
귀대면 떨리는 숨결 바람소리 읽는다

분청사기
– 분청 귀얄문 항아리

숨김없이 드러낸다 백토분칠 당당하게
수수한 치장인데 감겨드는 강한입김
별똥별 가슴 복판에 휙 스치듯 꽂힌다

거친 붓 일필휘지 휘감아서 열린 길
뜨겁던 일순간 영원 향해 달려간다
귀얄문 살속 헤집고 타오르는 불가마

꽃에도 기대지마라 홀로서기 꿋꿋하다
가까이 더 가까이 숨소리 들리는 듯
항아리 도공의 강물 아직도 숙성 중

이사

오로지 한 생각 키운 세월 이백여 년
바람도 허허롭다 뚜벅뚜벅 발굽소리
살 껍질 터진 골마다 저절로 아문상처

소나무 이웃살이 산새들도 울다갔다
온 밤을 가지 끝에 매달리던 새벽 달
아무도 찾을 수 없게 발자국도 지웠다

천리 길 떠 메여와 수백 날 앓고 나면
낯선 땅 서러운 날 새잎 한 번 피워낼까
버팀목 기대선 하늘 별빛 아직 푸르다

미리보기

내 인생 화면엔 미리보기 없었다
가끔 맑은 구름 속 흐릿한 모니터 가득
출발은 늘 찬란했던 설렘의 꽃수레지

혹, 미리보기 미리 볼 수 있었다면
단애의 저 바람꽃 솟구치는 심장박동
그 자리 손사래 치며 주저앉고 말았을

깨금다리 잰 걸음 전갈의 야무진 꿈
붉은 사막 달려온다 춘향인 듯 이몽룡인 듯
한 여름 소나기처럼 미리보기 없었다

느린 생의 우화禹話

– 우포늪에서

태고의 느린 숨결 꽁꽁 품은 한 생의 늪
초신성 별빛 불러 얼음장 걷어낸 자리
철새 떼 울대 돋운 울음 칼바람을 흔든다

마주한 하늘거리 저 불면의 평행선
시리고 아린세월 한 곳에 다 불러들인
뼈 삭힌 질펀한 세월 물안개의 아침이여

물 억새 헝클어진 옷섶에 지핀 노을이
실핏줄 깊이 내려서 뜸들이며 젖 물린다
아득한 탯줄로 이은 천 년 우화의 생이여

붓꽃

고향집 꽃밭에서 옮겨 온 붓꽃 떨기
겨우내 베란다에 탱탱한 바람 맞고
보랏빛 그리움 열어 말문 여는 사월이다

서슬 같은 이파리 대 붓 닮은 꽃봉오리
누가 올까 오래도록 골목길만 내다보던
그림자 두 손 흔들던 그 때 그 모습이

어머니 상喪 중에 둘러앉은 덕석마당
함께 앉은 붓꽃 무리 젖은 눈빛 처연하다
해마다 이승 그리운 어머니 붓꽃으로 핀다

메타세쿼이아

모두 벗고 비워내는 결연한 나무의 가을
바람도 범접을 못하는 높다란 가지 끝에
빈 하늘 팽팽한 휘장 머리에 두르고 있다

흑요석, 사막의 날을 몸으로 건디면서
밀물지는 그리움을 나이테에 쟁여본다
언 뿌리 캄캄한 길을 더듬더듬 열며간다

저 아득한 별들은 아직은 먼 봄날 얘기
연둣빛 아침을 가지 끝에 매달기까지
눈보라 몰아칠 날을 햇빛으로 가리고 있다

청량사淸凉寺

저만치 쏟아질듯 가파른 산 아찔하다
청량사 오르는 길 산을 감아 굽이굽이
눈 빛던 청량한 바람 코끝에서 맛이 난다

소나무 늙은 위풍 하늘에 닿아 있고
서늘한 저 울림은 겨울 빛 검푸른 골
발아래 산을 디디고 등짐을 내려놓다

바람과 소리만남 노래하던 시어들이
산사찻집 찻잔에 실없이 녹아들어
솔잎 향 짙은 따스함에 겨울이 잠긴다

오월이면

창 너머 오월은 우거진 산 산빛이다
초록으로 다가와서 퍼덕이는 날개 짓
투명한 햇살 속으로 새가되어 지저귄다

한나절의 고요는 산바람도 쉬어가고
어릴 적 고운 꿈들 어깨 위에 내리면
포플린 꽃무늬 치마 꽃물 뚝뚝 번진다

다시는 갈 수 없는 오지도 않을 시간
설핏한 오디 향기 가난한 내 앞마당
산 능선 하늘 더 높아 그리움은 두고 간다

순례의 날

단발머리 내 뜰엔 사과나무 푸르렀다
돌담을 돌아가던 초승달 불러 앉히면
아랫목 이불 아래선 꿈들이 발효됐다

개울가 내달리던 진흙 묻힌 어린 발등
집으로 가는 길은 갈대가 늘 앞서가고
어머니 둘레밥상은 식은 지 오래였다

흔들리는 가로등불 외진 기억 밝히면
머뭇머뭇 옷 벗는 내 흐린 날들이여
아직도 크지 못한 날 사과향에 젖어 있다

제 2 부

화왕산 일출

경전에 이르는 길

장날 인심 둘러보는 배밀이 하는 아저씨
머리 숙여 몸을 굴러 배 밑의 날 다독이며
한 생을 지켜온 사직 두 손 높이 올려든다

구걸의 생 꽃 피우는 땅 위의 푸른 결들
구름은 층층이 그 높은 걸음 재어두고
중년의 못 이룬 꿈은 침묵 속에 던져둔다

한순간을 출렁이는 썰물의 발길들이
곁눈질 낡은 동정이 손 위에 번득여도
화엄경 오르지 못할 돋을새김 경전인 것을

신발, 반성하다

해거름 산봉우리가 길들을 휘어놓고
산 밑에 숨은 저녁, 마을을 봉인한다
되돌아 물러선 걸음 갈 곳 잃어 누덕하다

물소리에 얹혀서 쓸려간 한낮의 꿈이
아직도 씻어내지 않은 맨발 닮은 흰 꿈이
민박집 댓돌의 신발에 몰래 활을 겨눈다

어둠을 풀어놓는 어제 같은 오늘도
회화체로 만발할 그림 속의 내일도
걸어야 제 길이라며 반성문을 쓰라 한다

불면의 잠

소리 없이 문 여는 건 도둑만이 아니리
새벽녘의 봄비가 어둡사리 해거름이
불면의 깊은 잠 뚫고 발부터 들이민다

잰 가슴 꽃불 수놓아 활활 일던 한 때가
한 낮의 무장해제 번뜩인 살 속의 어둠이
벼랑 끝 매달리는 잠 밧줄로 매달았다

어디서부터 시작됐나 굶주린 이리 같은
먹고 먹어도 허기진 고요의 등뼈 같은
이 빠진 접시의 날이 발 앞을 베었던

현관문 안 바닥에 널브러진 조간신문
불면을 이기지 못한 누군가의 항변들이
촘촘한 활자가 되어 잠을 다시 묶는다

천년일출
– 토함산에서

산기슭 적시던 달빛 안개로 지워지면
대숲 돌아온 바람이 시린 목을 휘감는다
용트림 동해바다가 시뻘겋게 일어선다

바람이 빗질한 길 꽃들은 머리를 들고
이슬 젖은 몸을 턴다, 햇살이 앉기 전에
천 년을 밝혔던 꿈이 나뭇잎에 흔들린다

잠 깬 오목눈이가 청솔가지 흔들고 가면
감로수 한 사발로 찬바람을 가두듯이
미륵불 환한 미소로 둥글게 바다가 물든다

천년미소

천년세월 지켜온
웃는 얼굴 저 수막새
기왓골 옴팡진 자리
지켜내진 못해도
지그시
눈을 감고서
뭇 영혼을 불러낸다

으깨진 얼굴로도
떠받드는 신라의 혼
왕조의 시작과 끝이
한 몸으로 앉아있다
둥글게
빚은 흙들이
내게로 걸어온다

시월

하루해 꼭지 따면 물살처럼 급히 돌아
한 눈 팔 새 없이 거두고 비워낸다
들판은 자글거리며 지친 몸을 말린다

짙어진 그늘마다 바람 끝 감아 돌고
하늘이 아우르던 느티나무 붉은 물빛
떨어져 누운 그리움 아득한 봄날 저편

사는 일, 허덕이며 돌부리 채이는 일
눈 맞춰 가을 얘기 꺼내지도 못했는데
청 마루 잠시 걸터앉았다 일어서는 시월 손님

화왕산 일출

내 남향집 동쪽은 화왕산 높은 마루
꽃씨 하나 땅속에 그리움으로 묻으면
애틋한 섣달그믐이 눈썹 끝으로 기운다

두레박이 올라오면 우물에는 물안개
발 시린 겨우살이 내 어머니 눈물처럼
또 한해 밀어 올리는 맑은 기운 움 트겠다

닳고 닳은 고무신에 아려오던 발가락들
대문에 지켜 서서 자식들 기다리던
어머니 애틋한 마음 눈부시게 해가 뜬다

묵은 골목길

까마득히 앞서가는 시간 속에 묻혀있는
오래된 골목길을 자분자분 들어선다
낯선 듯 기억을 부르는 젖은 바람 몰려온다

밥 냄새 저녁연기 자욱하던 낮은 굴뚝
오래 전 찾지 못한 숨바꼭질 내 친구들
담 너머 수줍은 꽈리꽃만 빈 마당을 지킨다

한낮의 적막이 저 마른풀 키워내듯
실한 꿈 키워내던 헐벗은 상채기들
골목길 굽은 등 따라 출렁이는 물결이다

땅끝 예불

미황사 도솔암에서 해질녘을 맞는다
모두가 부처인 양 꼿꼿이 허리 펴면
아득한 저 하늘땅이 한 달음에 달려온다

한 치 앞 갇힌 날들 밟히는 건 안개 뿐
꿈속 길도 이승 길도 경계만 피어 있다
죄업을 수놓은 걸음 천 배의 끝없는 행렬

배롱나무 뿌리까지 예불소리 잠겨들면
멀어졌다 밀려오는 천 년의 발자국들
땅 끝에 피어난 말씀 가슴에 옮겨본다

무덤, 깨어나다
– 천마총 근처에서

저 어둠을 가르는 빛살 깊은 골짜기에
천년의 시간들이 구름을 타고 달린다
겹겹의 모래알들이 말갛게 얼굴 씻는

우렁찬 호령소리도 한 줌 흙으로 누워있는
소나무 가지 휘어지듯 넋들은 등이 굽고
구름에 휩싸인 하늘 신라화랑이 달려 나온다

그 시절 바람소리는 하늘에 가 닿고
노을 진 첨성대에 만월이 걸릴 때쯤
반월성 말발굽소리 서라벌을 흔들고 있다

소금꽃

풀꽃이 피는 날 풀씨 곧 여물 것임을
소금꽃 이는 날 저 바닷물 여물겠다
염원이
이뤄질 때면
꽃이 먼저 기별한다

밀물과 바람살을 햇살 품에 가두면
섬 그늘 그리며 신의 손길 순응한다
사내의 뼈 빠진 벌판에도 소금꽃이 피었다

달무늬 이불 덮고 파도소리 젖어들면
저 하늘 별빛 내려 소금꽃에 꽂히는 날
세상은
시가 소금이듯
소금꽃 시가 된다

비사벌 작은 영혼

비사벌 너른 들판 새처럼 깃을 치던
꽃보다 붉은 심장 저승길을 밝혔다
애달픈 억겁의 세월 바람도 죽지 못한다

천오백 년 시퍼런 날로 벨 수 없는 아픈 날들
살려 달라 애원하듯 명주실 볕뉘 모아
돌아온 순장인골에 옷 한 벌 걸쳤다

내 뛰놀던 옛집 뒷산 찔레꽃 향기 곱던
그곳, 그 고분에서 철모르고 뛰놀았다
철지나 깨어난 솔터* 친구 순장소녀 송현이

* 솔터 : 창녕군 창녕읍 송현리(고분15호 발견 장소).

풀벌레의 밤

풀벌레 울음 울 때
잠 못 이루는 얼굴들

감나무 긴 그림자
창호지문 뒤척이면

달빛도 혼곤한 꿈에서 깨어
하얗게 날을 밝힌다

폭염

팔월이 몰고 온 끈끈한 화덕 손님

문밖에 세워두고 말없이 문을 닫는다

똑똑똑 문 두드려도 없는 듯 소리 죽인다

음각의 복사열이 부딪는 자리마다

소나기 퍼붓듯 자지러진 매미의 꿈

때때로 환청이 되어 귓전이 울음 운다

유채꽃

겨울 밤
시린 달빛
부서진 파편들이

땅 위에
내리 쌓여
꽃으로 환한 세상

이 봄날
푹 잠겨들면
노랑 정분 나겠제

청량제

근심의 꼬리 깊어 뒤척이다 겨우 든 잠
빗소리 밤을 깨워 사정없이 퍼 붓는다
오선지 멜로디 없는 온음표로 물꼬 튼다

빗줄기 저마다 아픈 사연 통성기도 중
내 안의 절여지고 상처 난 무게들도
휘몰아 저 기도 속으로 씻겨내려 흘러간다

잡힐 듯 사라지는 바람도 내려놓고
고향집 처마 밑 낙수소리 가물하다
한바탕 숙지근하며 훤해오는 또 하루

제 3 부

바람의 남쪽

그믐달

제 눈썹 한 짝을
동쪽하늘 걸어 두고

새벽녘 푸른 자락
기대 누운 누에나방

동트면
떠나보낼 그대
속울음 우는 거다

가득한 집
– 고향 집

두터운 외투처럼 외로움 껴입고서
집채 만 한 어둠이 그렁그렁 키 낮추면
담 너머 가로등 불빛 댓돌 위를 서성인다

기다림도 이골 나면 눈시울이 맑아오고
때 맞춰 저들끼리 피고 지는 꽃대 흔적
붉은 감 겨울 내리도록 공중에서 침묵 한다

외롭다 외롭다 어찌 이리 외로울까
어머니 젖은 노래 먼 하늘을 맴돌고
흘러도 채우고 남을 그리움 가득한 집

굳은살의 화음

오늘도 첼로소리 빈 가슴을 적십니다
딸아이 손끝마다 피어나는 뜨거운 빛
깊은 숨 짓누르고 흔들어야 살아나는 비브라토

심호흡 강약으로 쉼 박도 여운의 떨림
활, 팽팽한 긴장의 숨죽인 고요 속
깊은 강 달빛 드리워 건져 올린 저 울림

무너져 주저앉고 또 털고 일어섰던
애간장 녹이던 굳은살의 화음이여
내일은 또 오늘의 꿈 한 걸음 내딛습니다

행성 모음곡 작품32*
– 부산시립 교향악단 연주회

가을밤에 음악의 향기가득 머무는 곳
불 꺼진 객석에서 가슴 활짝 빗장 열면
행성들 내 귀를 타고 궁전으로 데려 간다

일곱 개 행성마다 빛깔 다른 꽃이 피고
떨림의 은파는 숨통을 조여 오다
여운은 소리를 넘어 태고의 신비한 빛

아득히 들려오는 물결합창 소멸 뒤
마법의 지휘봉 끝 쓰나미 몰아친다
깊숙이 내 아린 상처 새 살이 돋는다

* 구스타프 홀스트(1984~1934) 영국의 근대음악을 대표하는 작곡가.
  제1곡 : 화성. 제2곡 : 금성. 제3곡 : 수성. 제4곡 : 목성. 제5곡 : 토성.
  제6곡 : 천왕성. 제7곡 : 해왕성.

발치

지그시 혀끝으로
밀고 젖혀 쏙 빠졌다
해 냈다는 뿌듯함
으쓱했던 일곱 살
앞 젖니
빠진 그 자리 토실한 희망 돋다

제 역할 더는 못 해
치과의사 눈에 띤
얼얼한 유년의 한때
징검돌 건너뛰던
저물녘
텅 빈 하늘가 가을이 아리다

첼로 협주곡 카덴차

품으로 안겨드는 침묵은 따뜻했다
가랑잎 한 잎마저 숨죽이고 귀만 세워
겨울은 첼로 협주곡 카덴차* 시작 된다

흰 호청 목화이불 시린 달빛 파고들면
천지가 일색이어 세상얼룩 다 덮을 쯤
동장군 숨 들이키며 굵은 팔뚝 걷어 부친다

강추위 스멀스멀 어둠 안에 몰려들고
보란 듯 날숨 한 번 들었다 놓으면
쩌어억 난데없는 곳 금이 가고 살 터진다

들린다, 날선 추위 혹독한 신 새벽녘
벌어진 물독 앞에서 어머니 얼어붙고
협주곡 빈집의 카덴차 봄날은 아득하다

* 16세기부터 시작된 주로 협주곡의 마침 직전에 삽입하며 모든 오케스트라가
  연주를 멈추고 즉흥적인 기교적 독주 부분을 말함.

입추

먼 산 빛 푸르러도
코끝에 이는 바람
서늘한 가슴 한쪽
구절초 필 것 같다
풀벌레 찌르르 지르
발등이 간지럽다

스치는 바람결에
아려오는 가을 냄새
풀물 든 초록의 날
썰물처럼 흩어지면
열정의 그 뜬 눈 지새우던
한 여름 밤의 꿈, 꿈, 꿈

바람의 남쪽

저 바다 한 가운데 점, 점들이 떠 있다
그 점들 허물어서 선으로 엮어본다
몸 속의 내 깊은 날(刀)들
바람으로 일어선다

소록도 거금도 나로도의 고흥반도
외다리에 몸이 엮어 물 위를 달려온다
버려야 만날 수 있는
그 눈빛 그 길이네

낙화

사월도 꽃샘추위 가누기 힘든 나날
며칠째 산통 겪고 활짝 터진 벚꽃이
봄 햇살
웃고 지나는
길목마다 벙근다

달포쯤 쉬다 가시라 잡았던 손을 놓자
무에 그리 바쁜가 무리지어 꽃이 진다
네 마음
송이송이 담아
세월의 강을 건넌다

쓸어 담다

— 500기가 외장하드 디스크

교실창밖 단풍나무는 눈빛으로 듣고 있지
붉은 물빛 가을 설움 겨울날의 하얀 기억
다 두고 아련한 정만 쓸어 담아 안고 갈게

애태워 가르쳤던 수많은 파일더미
대용량 외장하드 고래의 들숨 한 번
긴 시간 수고한 흔적, 흔적 없이 빨려든다

한 순간 압축되어 꼼짝없는 가상공간
쉬워서 허탈한 쓸쓸함의 한 줌 무게
나 또한 치열한 한 생 내려놓는 어떤 하루

배웅

서늘한 가을바람 먼 길 돌아 다시 오는데
긴 소풍 끝내고 하늘 문 열리는 날
아버지
생의 옷 벗어 놓고
먼 길 훌쩍 떠나셨다

천국행 꽃길 두고 행여 딴길 드실라
잘 가시라 신신당부 하늘까지 들리게
분향로 호르르 환한 미소 뉘엿뉘엿 해저문다

깊은 삶 살겠노라 매일유서 쓰시던
자연의 순리대로 바람이 부는 대로
눈부신
강물에 떠내려가는
저 쓸쓸한 밀짚모자

벌에 쏘이다

귓전을 휘젓는 당김음 팽팽하여
말초신경 바싹 들어 온몸으로 막았건만
틈새로 치고 빠지는 용병술에 당하다

가진 것 다 뺏기고 뒤틀린 경계본능
제 영역 침범자 실수라도 봐 줄 리 없다
속사포 까칠한 병정 노란하늘 보았겠다

봄바람 경보발령 벌들의 전쟁 요란한데
한 뼘만 물러서면 만사가 소통 될 걸
벌겋게 쓰라린 탄식 내가 부어오른다

접시꽃 지고 있다

오뉴월 햇볕 이고 꽃불을 밝혀 들어
길목을 지키며 사람을 빤히 본다
큰 키에 서글한 눈매 들며날며 정이 든다

격정의 시간지나 숨 고르는 어느 날
제 갈길 재어보며 앉음앉음 새긴 정표
어느새 펼친 손 곱게 접어 내려놓은 한 생이여

도르르 다문 잎에 단정한 뒷모습은
꽃의 마음 헤아려져 발등이 붉어진다
흐르는 시간의 지평선 점, 점이 멀어져 간다

벙글다

펼쳐든 낱말사전
찾아 읽는 그 순간

토정선생 만난 듯
내 생의 모춘삼월

벙글다,
맺힘을 풀고
툭 터지며 열리다

산길

여윈 맘 알아채고 품어주는 넉넉한 산
산내음 키 낮추니 외로움은 꽃이 된다
바람새 보이지 않고 날고 드는 울음 깊다

스칠 리 만무한 듯 굼턱진 곳 어디라도
다람쥐 놀란 자리 산바람을 따라가면
기어이 발길 닿은 흔적 호젓한 길 여기 있다

가랑잎 흐느끼던 밤 별들의 발자국
그 산길 생긴 내력 아무도 모른다
누군가 날 위한 기도 오늘도 산길을 간다

제 4 부

소록도 전말

선물

수고한 나에게도
선물 하나 할까보다

영화도 보여주고
꽃 한 송이 사다주고

생각이 열리는 순간
젖어드는 눈시울

지심도*

끝없는 물결들이 지번 없이 밀려와
벼랑 끝 동백나무 가지마다 깃을 치다
동박새 부리로 쪼아 붉게붉게 꽃이 된다

바다가 걸려있는 울창한 숲길 따라
딛고선 아픈 역사 아름다움의 사유던가
동백꽃 붉은 울음도 저 노을을 닮은 섬

서로를 기대서면 숲도 자라 한 몸 되고
하늬바람 순례의 길 절로 발길 머물면
물결 위 내려앉은 달빛 지심으로 등불 켠다

* 지심도 : 경남 거제시 일운면 옥림리. 원시상태의 숲이 잘 유지되어 있는
  동백 숲이 아름다운 섬, 일제강점기에는 군의 요새로서 일본군 1개 중대가
  광복 직전까지 주둔했던 곳.

소록도 전말顚末

물결 하나 밀어내도 사슴은 보이지 않는다
아득히 몰려오는 생때같은 물보라여
수탄장 쓰라린 가슴은 동백으로 붉어졌다

죽기로 마음 정하면 사는 길이 보였던가
곳곳의 신음소리 화석으로 피어있고
새우잠 구부린 날들이 갯바위를 깎고 있다

슬픔도 감염되면 발걸음이 먹먹해지나
굽은 해안선 따라 물떼새는 날아오지만
붉은 꽃 뚝뚝 지는 소리 등대불만 환하다

아버지

그리움도
밀물지면
가닥 없는
실타래

글의 행간
어디에도
그 이름은
아득했다

방울진
젖은 마침표
내 강물 타고
흐른다

휘장을 걷다

– 송구영신

버리고 떠나가는
야속한 그대처럼
뒷모습 성큼성큼
멀어져간 자리에
다시는 아니 올 줄을
서산노을 저리 붉으니

해맑은 둥근 미소
처음만난 그대처럼
맘 먼저 뜨거워져
휘장을 걷는다
다시는 아니 떠날 줄을
동녘하늘 저리 맑으니

가을 분꽃

깊어진 가을자락 오소소한 아침 뜰에
홍조 띤 분꽃들이 바쁜 걸음 붙잡는다
꽃분홍 짙은 입술도 정겨움이 수수하다

뒤돌아 한 잎 따니 아련한 분향기
세월저편 숨어버린 기억하나 불러낸다
내 언 손 맞비벼주던 어머니 동동구르무

술 익는 가을 냄새 걸터앉은 창가에
갓 오른 숨찬 햇살 부챗살로 깊이 당긴다
저 꽃잎 하마 접을까 온종일 꽃이 된다

현무암의 노래

예래동* 검고 거친
현무암 등줄기에

흰 무당 춤을 춘다
태산도 떠메 줄 듯

우르르 쓸려왔다가
한순간에 사라지는

남는 자 떠나는 자
발걸음도 흐릿하다

저물녘 갯바위
서러움을 헹궈내면

파도는 제 텅 빈 속을
오래오래 울고 있다

* 예래동 : 제주도 서귀포시에 있는 동 이름

기다림

마음을 다 비우고 기다린다는 기다림도
애간장 타는 소리 사그락 들린다
행여나 비워둔 그릇에 맑은 이슬 고일까

장밋빛 묵주기도 꽃피울 기다림도
오롯한 열망을 절절히 녹여내다
비 그친 하늘 저편에 무지개 둥근 환희

날마다 크기대로 품은 불씨 결 따라
설레거나 초조하게 시간 촘촘 당기다
가슴 속 헐어버린 상처 아물기를 또 기다린다

부화

오는 게 아니고 깨어나는 봄이다
엄동설한 깃을 세워 지켜낸 어미본능
겨울이 꼬옥 품었다 부화되는 햇봄이

동지 지나 명치 끝 태동하던 언저리
실바람 불어오자 웅크린 허리 편다
축축한 날개 죽지 속 눈 비비는 젖내음

매화나무 붉은 가지 볼록볼록 기웃대고
대보름 달집열기 겨울잠을 깨운다
꽃불을 지피는 언덕 마른 잎도 속살 내민다

기러기

꾸다 말 꿈이라면 그마저도 내려놓고
비워낸 작은 몸집 맨발의 더운 가슴
구만리 차오르는 여정 하늘 빛 푸르다

응원의 목쉰 울음 구름도 비껴가다
비바람 거친 창공 가쁜 숨 몰아치면
쫙 펴진 날개 속으로 하늘이 감겨온다

머금은 그리움도 버거워서 삼키면
이상향 세운날개 뜨거운 저 비상
훌훌이 저 대열에 들면 나도 길이 보일까

술
– 웬수 같은 벗

뜨거운 석양이 혀를 빼는 여름 날
삼거리 노과부집 점방 옆 평상에는
깡소주 파리한 술잔에 익어가는 아버지

말로써 무장시킨 막내를 보낸다
용케도 사신은 아버지를 건져오자
엄마는 불러낸 오선생을 싸잡아 퍼부었다

구성진 노랫가락 목마치는 한 소절
청마루 끝 걸쳐 놓고 웅크린 채 우셨다
이슥한 달빛자락 덮고 곤한 잠에 빠진 듯

찾아든 평화는 풀벌레 울음 가득
술에게 따진다 웬수라고 꺼지라고
나직한 술의 고백은 슬픔의 벗이란다

감 이야기

바람은 물 건너고 산을 넘어 오다
햇살은 제 갈빗대 고운빛깔 골라서
가을날 그 많은 감을 그렇게 익혀냈다

감 먹여 키운 아이 떠난 후 키만 커서
붉은 감 서릿발로 푸른 비단 수놓으면
드높은 하늘의 풍경 눈부시어 서럽다

또르르 감꽃지고 부채바람 삼복 넘기면
시장기는 베문 생감 기대만큼 달다 했다
은총도 내 떫은 삶속 그 안에 있다는 걸

그래, 봄이야

- 3.1. 새 부임지에서

구름에 길 내주며 산허리에 걸터앉은
산바람 첫발 딛는 키 낮은 초등학교
삼월의 연둣빛 봄이 꼬깃꼬깃 낯설다

그늘진 모퉁이 겨울바람 서성댄다
하늘은 당당하게 눈망울에 고여 들어
해맑은 바람을 놓아 꽃봉오리 터질 듯

꽃샘 바람아 이 동네는 불지 마라
얼쩡이는 추위 막아 어린 것들 안고 가는
내 삶에 낙관을 놓아야 할 그날까지 불지마라

기억과 시간이 빚어내는 시선의 채도

박 지 현
(시인 · 문학박사)

1.

김임순 시인의 첫 번째 시집 『경전에 이르는 길』은 오랫동안 교육계에 종사해온 늦깎이 시인의 온축(蘊蓄)된 정서를 마음껏 공감할 수 있다는 데서 의의가 있다. 세상과 소통하는 시인의 심미적 폐활량의 무게를 가늠하는 데는 그가 종사해온 교육계의 시간만큼 그리 길지 않을 것 같다. 직시와 통찰이 시공간을 넘나들며 사유를 이끌어내는 심미안을 보여준다. 시간은 각자의 몫이기에 시간 저 너머의 세계는 누구에게나 존재한다. 시인은 이제 기억 너머의 세계, 점점 사라져가는 소실점을 끄집어내어 육화시키고 있다. 오래 체화된 기억이 현재에 어떻게 제시되며 어떤 무게를 갖는지 형상화된 흔적을 따라가면 일종의 고백 같은, 한바탕

춤사위 같은, 떨림을 만날 수 있다.

이 시집의 시편들에서 자주 발견되는 기억의 세계는 과거지향이 아니다. 현재와 과거가 떨어져 있으면서 현재가 그 깊이 속에서 붙잡고 있는 순간들에까지 미친다는 폴 리쾨르는 현재에서 흘러간 것은 "여전히" 현재에 속하기 때문에 현재 그 자체는 '끊임없이 확장되는 연속성, 과거의 연속성'이라고 보았다. 그렇다면 시인은 과거를 통해 현재를 말하고 싶은 것이 분명하다. 또한 현재를 통해 과거를 재생성하고 싶은 것이다.

기억 속의 '자아'는 '현재의 자아'를 확인하고 싶거나, 일종의 술래놀이 같은 기억의 회로를 따라 끊임없이 흔적을 따라 이동한다. 이동의 과정에서 잠시 멈춰 서서 반성적 성찰을 하기도 하며, 그리움에 목이 메기도 한다. 일상 속에서, 자연 대상 속에서, 여행을 통해서도 그것은 불쑥불쑥 튀어나와서 과거의 시간이 현재의 시간으로 확장된다. 특히 고향에 대한 시인 특유의 기억은 미래에도 현재형이라는 데 이의가 없을 듯하다. 더불어 역사인식과 현실에 대한 비판적 통찰은 매우 조심스럽다. 시인이 채색한 언술로 미학적 과정에 이름을 보여주고 있다.

2.

고향에 대한 각별한 정(情)은 그것을 발현시키는 감각적 표피적 특징이 어떻게 드러내는가에 따라 그 맛이 사뭇 다르다. 김임순 시인은 자아와 대면하는 공간을 대부분 고향 '창녕'에 두고 있는데 창녕은 한반도의 폐로 지칭되는 우포늪이 있는 곳이다. 시간을 말할 때 통상 빠르게 지나간다고들 말하지만 창녕 우포늪의 시간은 매우 느리게 흐르고 있다. 1만 4천년의 시간이 오래 머문 흔적들로 가득한 곳이어서 매우 현재적이다. 문화유적지의 발굴 작업도 여전하다. 과거와 현재와 미래가 공존하며 다시 현재적 의미의 시공간을 생성해가는 시인의 기억은 그래서 더욱 새롭다. 시간과 기억의 은유가 아래의 시를 통해 대표적으로 형상화된다.

> 단발머리 내 뜰엔 사과나무 푸르렀다
> 돌담을 돌아가던 초승달 불러 앉히면
> 아랫목 이불 아래선 꿈들이 발효됐다
>
> 개울가 내달리던 진흙 묻힌 어린 발등
> 집으로 가는 길은 갈대가 늘 앞서가고
> 어머니 둘레밥상은 식은 지 오래였다
>
> 흔들리는 가로등불 외진 기억 밝히면
> 머뭇머뭇 옷 벗는 내 흐린 날들이여
> 아직도 크지 못한 날 사과향에 젖어 있다
>
> ―「순례의 날」 전문

　기억 저편의 세상이 펼쳐졌다. 사과향처럼 달콤하고 풋풋해서 시적화자는 언제까지나 그곳에서 머물고 싶다. 현재적 시간의 틈을 비집고 나온 시간 저편의 세계를 고향이라고 부르지만 시적화자의 가슴에서 현재적 의미의 공간에 붙박여있다. '단발머리'라든가, '사과나무', '돌담', '초승달', '아랫목 이불'이 호명된 첫째 수와

'개울가', '진흙', '어린 발등', '갈대', '어머니 둘레밥상'이 비치된 둘째 수를 훑어보면 현재적 시간인 셋째 수와는 다른 기억 너머의 시간에 머물러 있다는 것을 파악할 수 있다. 마치 여럿이 빙 둘러앉아 옛이야기 도란거리듯 그때의 일들이 영화필름의 파노라마처럼 제시되고 있는 것이다. 시간이 아무리 지나도 '아직도 크지 못한 날'로 정지된 이 시는 한 편의 짧은 동화처럼 이끌어낸 깔끔한 솜씨도 그러하지만 속도에 내몰린 도시 문명이 일상을 지배하는 건조한 시대에 촉촉이 젖어드는 감성의 파문이 아름답다.

> 까마득히 앞서가는 시간 속에 묻혀있는
> 오래된 골목길을 자분자분 들어선다
> 낯선 듯 기억을 부르는 젖은 바람 몰려온다
>
> 밥 냄새 저녁연기 자욱하던 낮은 굴뚝
> 오래 전 찾지 못한 숨바꼭질 내 친구들
> 담 너머 수줍은 꽈리꽃만 빈 마당을 지킨다
>
> 한낮의 적막이 저 마른풀 키워내듯
> 실한 꿈 키워내던 헐벗은 상채기들
> 골목길 굽은 등 따라 출렁이는 물결이다
>
> ─「묵은 골목길」 전문

기억은 기억을 새롭게 불러온다. 골목이라는 이미지가 이미 묵은 것이라고 볼 때 '묵은 골목길'로 굳이 제목을 단 것은 의도성이 매우 짙다. 뫼비우스 띠 같은 지난 시간들의 중첩이 '시간 속에 묻혀 있는 오래된 골목길'에 끼얹어지고 그 속에서 '낯선 기억'이 '젖은 바람'에 의해 각인된다. 어릴 때 저녁밥 시간 때까지 놀던 친구들은 다 어디로 갔는가. '오래 전 찾지 못한 숨바꼭질 내 친구들'은 그 시간 속에서 존재하다가 홀연히 사라져버렸다. 아무도 없다. 골목길 따라 깊숙이 따라가 보았지만 '밥 냄새'와 '저녁연기'도 없다. '쫘리꽃'만 빈 마당에 피어있을 뿐인 것이다. 하지만 시적 화자는 묵은 골목길에서 좀처럼 벗어나지 못하고 서성이고 있다. 그러다 문득 발견한다. '실한 꿈 키워내던 헐벗은 상채기들'이 바로 내 안에서 내 기억의 저편 골목길에서 발효되고 있다는 것을 안다. 의도성에 의한 오랜 골목과의 교감을 통해 시인은 자기 발견에 다름 아님을 확인한다.

고향집 텅 빈 방을 털고 쓸고 닦았다
노동을 내려놓은 허리결린 절구대도
긴 호흡 가다듬으며 바람소리 엿듣는다

손대면 푸석푸석 허덕이며 일어섰다
겉보리 뽀얗게 우려 배불리던 절구방아
어머니 해진 시절이 화석처럼 새겨졌다

절구통 사라지고 그때의 시간 잊힐까
방안으로 모셔졌던 꿈 앓았던 절구대
혈류의 봉인된 시간 빈 방에 가득하다
　　　　　　　　　　　—「이명 앓다」 전문

이제 기억은 소리로 다가온다. 고향집의 시간은 '이명'이 되어 시인을 흔든다. 빈집이 된 고향집은 그때의 시간이 먼지처럼 켜켜이 쌓여 있다. 김임순 시인은 심리적 기저에 남아 있는 정체모를 소리에 모든 감각을 열어놓고 집중한다. 그러다 '빈 집=빈 방'이 된 기억 저 편의 소멸된 시간의 한 때를 '쓸고 닦'는 것으로 시작한다. 바람이 중간 매개체로 활용되어 '어머니 해진 시절'까지 발견한다. 비어있다는 것은 '가득함'의 또 다른 표현인데 그것을 일깨우는 것이 '바람'이므로 이명으로 상징화하고 있다는 것을 알 수 있다. 부족한 양식에 먹을 입이 많았던 그 시절은 '겉보리 뽀얗게 우려 배불리던 절구방아'로 은유된다. 아이들 입에 넣어줄 양식을 쉬지 않고 빻던 '어머니 해진 시절'이 화석처럼 새겨진 '절구대'는 이미 시인이 발견하기로 작정한 것처럼 애절하게 재확인되고 있다.

내 남향집 동쪽은 화왕산 높은 마루
꽃씨 하나 땅속에 그리움으로 묻으면
애틋한 섣달그믐이 눈썹 끝으로 기운다

두레박이 올라오면 우물에는 물안개
발 시린 겨우살이 내 어머니 눈물처럼
또 한해 밀어 올리는 맑은 기운 움 트겠다

닳고 닳은 고무신에 아려오던 발가락들
대문에 지켜 서서 자식들 기다리던

어머니 애틋한 마음 눈부시게 해가 뜬다

－「화왕산 일출」 전문

순연한 기억 저편에서 건드리면 일어서는 그리움은 '안개'로 피어올라 '화왕산'에서 확장된다. '내 남향집 동쪽은 화왕산 높은 마루'가 펼쳐지고 집의 뒤쪽 화왕산의 높은 마루에 걸려 있는 수십 년의 시간 저편은 '애틋한 섣달그믐'으로 고정된다. 시인은 '동쪽'이라는 일출의 상징적 방향을 작품의 도입부에서 두고 있는데 이러한 의도적 방향성은 지지 않는 해가 기억 속에서 존재하며 그 기억으로 여전한 생성의 공간을 집에 두고자 하는 것으로 이해된다. '닳고 닳은 고무신에 아려오던 발가락들'로 묘사된 어머니의 삶은 시인의 가슴에 따개비처럼 붙어 있다. '발 시린 겨우살이 내 어머니 눈물처럼' 비록 힘든 시절이었지만 화왕산 일출이 있는 한 '맑은 기운'으로, '눈부시게 해가' 뜨는 공간으로 인식되고 있음을 알 수 있다.

그밖에 고향을 그리는 시로 「가득한 집」이 있다. '두터운 외투처럼 외로움 껴입고서/집채 만 한 어둠이 그렁그렁 키 낮추면/담 너머 가로등 불빛 댓돌 위를 서성인다'에서 고향을 그리는 저변에 '외로움'이 등장한다. 고향집에서 생성된 모든 것은 우물처럼 깊고 고요해서 건드리면 큰 파문이 인다. '외로움'의 파문이다. '외롭다 외롭다 어찌 이리 외로울까'이다. 텅 빈 고향집에서 혼자 남은 세월을 고스란히 껴안고 살았던 어머니가 외로움의 또 다른 이름으로 수식되고 있는 것이다. 이는 그리움을 표현하고자 하는 김임순 시인의 감각적 표상의 장치이며 사라져가는 고향 풍경에 대한 애절한 토로이다.

작품 「붓꽃」은 고향 떠난 이들이 공통적으로 간직하고 있는 '어머니'의 모습을 진득하게 보여준다. 혼자 남은 어머니가 돌아가신 후 고향집 마당으로부터 현재 시적화자가 살고 있는 아파트 베란다로 옮겨온 '붓꽃'이 어머니로 치환되고 있다. '누가 올까 오래도록 골목길만 내다보던/그림자 두 손 흔들던 그 때 그 모습'의 어머니는 이제 고향집을 떠나 아파트에서 화자와 고요하게 처연하게 마주하고 있다. 어머니를 떠나보낸 '덕석마당'에 붓꽃무리가 둘러앉아 있었던 그때의 기억은 '해마다 이승 그리운 어머니 붓꽃'으로 피고 있다. 고향이라는 과거의 공간이 현재적 공간으로 이동한 것임을 보여준다. 어머니로부터 자식에게로 고향이 옮겨온 셈이다.

3.

김임순 시인의 첫 시조집의 표제작인 「경전에 이르는 길」에 이르면 그의 시가 고향을 그리고 그때의 시절을 그리고 부모형제를 그리는 것으로만 생각하지 않는다는 것을 알 수 있다. 일상은 삶의 중심을 팽팽히 끌어당겨 흐트러지지 않게, 헛발길질하지 않게 하는 힘이 있다. 시인은 현재적 시간에 서서 자아를 되돌아보면 반성적 성찰의 비판적 시선을 현실에 두고 일상의 이면을 감각화하고 있음을 보여준다. 삶을 줄기차게 이어가는 힘은 아무래도 질긴 생명성을 유지하는 데 있을 것이다. 그러나 시각적 이미지에 포착된 일상의 변이가 하루하루 겨우 살아가는 것에 고착화되어버린다면, 가진 자와 가지지 못한 자와의 이분법적 관계에 머무른다면 분명 바닥의 삶이 될 수밖에 없을 듯하다.

> 장날 인심 둘러보는 배밀이 하는 아저씨
> 머리 숙여 몸을 굴러 배 밑의 날 다독이며
> 한 생을 지켜온 사직 두 손 높이 올려든다
>
> 구걸의 생 꽃 피우는 땅 위의 푸른 결들
> 구름은 층층이 그 높은 걸음 재어두고
> 중년의 못 이룬 꿈은 침묵 속에 던져둔다
>
> 한순간을 출렁이는 썰물의 발길들이
> 곁눈질 낡은 동정이 손 위에 번득여도
> 화엄경 오르지 못할 돈을새김 경전인 것을
>
> ―「경전에 이르는 길」 전문

머지않은 한 때 재래시장을 가면 한 번쯤은 만났을 법 한 '배밀이 남자'의 구걸 행색은 시적 대상으로 제법 관심을 끌었던 때가 있었다. 그것은 대상을 바라보는 객관적 시선의 정도, 즉 동정과 연민의 정도를 넘지 않은 것이 대부분이었다. 하지만 김임순 시인은 동정과 연민은 뒤로 밀어두고 '배밀이 아저씨'의 행색을 단순 구걸행위로 국한시키지 않고 있다. 구걸인이 구도의 삶을 찾아가는 구도자의 모습으로 변용되는 것을 지켜보는 것 자체가 스스로를 돌아보는 반성적 행위에 다름 아니다. 고정되었다가 흐르는 삶이 만들어내는 이완의 삶이 비단 '배밀이 아저씨'에게만 국

한되는 것은 아니겠지만 구걸하는 자와 동정하는 자의 간격이 아주 가까우면서도 그 추구하는 바는 정말 다름을 확인하고 싶었던 것은 아니었을까. '머리숙여 몸을 굴려 배 밑의 날 다독이'는 것으로 파악한 시인의 시선은 매우 건강하다. 한때 저 남성도 건강한 사회인이었을 것이다. '재래시장'이라는 공간적 배경은 다양한 사람들의 발길이 오고가는 곳이며 그 곳의 정황이 결코 경전으로 이어지는 것은 아님을 통찰하고 있다.

> 해거름 산봉우리가 길들을 휘어놓고
> 산 밑에 숨은 저녁, 마을을 봉인한다
> 되돌아 물러선 걸음 갈 곳 잃어 누덕하다
>
> 물소리에 얹혀서 쓸려간 한낮의 꿈이
> 아직도 썻어내지 않은 맨발 닮은 흰 꿈이
> 민박집 댓돌의 신발에 몰래 활을 겨눈다
>
> 어둠을 풀어놓는 어제 같은 오늘도
> 회화체로 만발할 그림 속의 내일도
> 걸어야 제 길이라며 반성문을 쓰라 한다
>
> ―「신발, 반성하다」 전문

반성적 성찰의 길은 어떤 대상과의 조우에서 이루어지기도 하고 자연공간에서 빚어지기도 한다. 이 시는 정체된 삶의 한 가운데 서서 자연공간에 투사된 자신을 전경화(前景化)한다. 어디를 둘러봐도 현재는 과거에 묶여있다는 것을 발견한다. 시간은 저

혼자 흐르지 않고 과거를 끌고 함께 가고 있는 것이다. '해거름'의 산봉우리가 길들을 숨겨놓은 채 '마을'은 봉인되고 있다. 그 정경은 시인을 위축시키고 '되돌아 물러선 걸음 갈 곳 잃'게 하고 있는 것이다. 앞으로 달려가기보다, 아니, 앞으로 달렸지만 '물소리'에 얹혀서 쓸려가고 말았을지도 모르는 '꿈'을 향한 행보가 답보되어 있어 주춤주춤 뒤로 물러서게 만들고 있는지도 모를 일이다. '어둠을 풀어놓는 어제 같은 오늘'과 '회화체로 만발할 그림 속의 내일'도 더 이상 미룰 일이 아님을 깨닫는 순간 반성은 길을 보여주게 된다. '걸어야 제 길이'라며 반성문'을 쓰게 하는 현재적 시간은 과거를 기초로 하여 생성된 것임을 보여준다.

제 무게를 버려야만 눈보라를 견딘다
겨울나무들 기억 벗고 지난날을 묻는다
아직은 가야할 길이 가지 끝에 남았는데

힘껏 품어내었던 사춘기적 봄날예감을
가슴 깊이 들이켰다 다 게워낸 새벽녘
빈 하늘 괄호의 날들이 눈발로 흩어진다

가슴에 뜨는 별은 경계선 밖 꿈의 배후
한 발 한 발 저어가면 상처 또한 만나리
눈보라 푸른 울음 뒤 다시 쓰는 삶의 문장

— 「소설진경小雪眞景」 전문

겨울은 사계절 중에서 가장 빈 곳이 많은 계절이다. 땅에서 돋

아나고 번창하며 나무에서 만개하고 열매 맺으며 울긋불긋 잎들이 천지를 아름답게 물들인 이후, 모든 것에 미련두지 않고 홀홀 벗어버린 모습의 적나라한 현재적 시간을 만든다. 눈 내리는 풍경은 어떠한가. '제 무게를 버려야만 눈보라를 건'딘다는 것을 시인은 알고 있다. '아직은 가야할 길'이 남았으므로 발끝을 에이는 추위 정도는 견뎌야 하는 것이다. 버려야만 채울 수 있는 겨울 풍경처럼 비워내야 채울 수 있는 자신을 만날 것이다. 자신의 삶은 누구보다도 스스로 잘 안다. '한 발 한 발 저어가면 상처 또한 만'날 것이지만 이 또한 견뎌야 하리라. '눈보라 푸른 울음'이 멈출 때 새로운 삶이, 봄날이 찾아 올 것이므로.

서늘한 태백산의 기운마저 서걱대는
백두대간 팔부능선 맨발 추스른 추전역
정지된 시간의 한 때 젖은 날이 고여있다

원근법 수채화가 긴 철길을 풀어내고
고단한 석탄열차 아직도 달리고 있는데
하늘 역 멈춰선 뒤로 돌아올 길 지워졌다

어디서 놓친 걸까 역류하는 생의 조각들
지나쳐온 간이역이 발길에 채이는데
매봉산 흰 날개 짓만 푸른 하늘 끌고간다

           —「추전역에서」 전문

현재적 시간은 여행할 때 가장 잘 맞닥뜨리게 된다. 현재에서 과거로, 과거에서 다시 미래로 건너뛰는 경험의 여정은 '여행'이 라는 여유로움이 만들어낸다. 여유로움 속의 체험적 시간의 축적 은 '정지된 시간의 한 때'로 환기된다. 그것이 눈앞에서 발 앞에서 펼쳐지는 순간 압도된다. 태백선인 '추전역'은 해발 855미터의 고 도에 위치해 있으며 12월에서 2월까지 겨울에만 한시적으로 열 차가 운행되어 잠시 머무는 곳이다. 사방이 탁 트인 절경을 배경 으로 하고 있어 시간의 무화마저 느끼게 되는 곳이다. 그러므로 시인은 '정지된 시간의 한 때 젖은 날이 고여있'음을 발견하고 고 백하게 된다. 사방을 둘러봐도 미래로 나아갈 길은 보이지 않는 다. 다만 현재적 과거만 눈앞에서 손짓하고 있다. '생의 조각'을 어디서 놓친 것인지 스스로에게 되묻고 있다.

시 「불면의 잠」 역시 반성적 성찰을 보여주고 있다. 불면을 주 는 것은 불면을 만든 것에 있을 것이다. 일상의 긴장이 반복되면 서 갈등을 조장하고 그 갈등으로 다음 일상이 유보된다. 불면에 놓인 일상은 과거도 아니고 현재도 아니다. 미래는 더욱 아니다. '소리 없이 문 여는 건 도둑만이 아니리'라고 시인은 도둑처럼 살 금살금 불면이 찾아온 것에 불편한 심기를 드러낸다. 여기서 '살 속의 어둠'이라든가. '벼랑 끝 매달리는 잠'이라든가 극적인 용어 의 사용으로 잠을 자지 못한 이들만이 토로하는 심리적 기저를 발견하게 된다. 그러나 불면은 '나'의 것이지만 '누군가'의 것으로 다시 확장되면서 일상 속 성찰은 나만의 것이 아니라는 것을 넌 지시 일러주고 있다.

4.

    김임순 시인의 역사의식을 잘 보여주고 있는 작품은 시인이 사랑하는 고향 창녕에서 발현된다. 사람은 가고 시절도 가고 그 흔적만 가득한 유적지에서 과거의 현재화가 발굴되고 있는 창녕 송현리 고분군에서 시인은 시공간을 넘나든다. 시선의 채도가 확인되는 현장을 보여주고 있다. 1500년 전 창녕은 제2의 경주로 불릴 정도로 신라의 문화재가 많이 발굴된 곳이다. 비사벌 혹은 비와가야로 불리어졌으며 확장일로의 신라에 의해 영토가 영입된 가야 땅이었다. 한 부족장의 무덤인 송현동 15호분 대형고분에서 발굴된 네 명의 순장자 중 한 명인 17세 소녀의 유골을 두고 쓴 이 작품은 이곳이 시인의 고향이고 그곳에서 어린 시절을 보냈다는 점에서 이채로운 시로 읽힌다.

    비사벌 너른 들판 새처럼 깃을 치던
    꽃보다 붉은 심장 저승길을 밝혔다
    애달픈 억겁의 세월 바람도 죽지 못한다

    천오백 년 시퍼런 날로 벨 수 없는 아픈 날들
    살려 달라 애원하듯 명주실 볕뉘 모아
    돌아온 순장인골에 옷 한 벌 걸쳤다

    내 뛰놀던 옛집 뒷산 찔레꽃 향기 곱던
    그곳, 그 고분에서 철모르고 뛰놀았다

철지나 깨어난 솔터* 친구 순장소녀 송현이

— 「비사벌 작은 영혼」 전문

　비록 유골이나마 깨어난 순장소녀는 실제로 금귀고리를 했던 것으로 아주 낮은 신분이 아니었을 것이라는 짐작을 하는데 그래도 죽기에는 너무 아까운 나이라는 점에서 애틋함을 불러온다. 집 앞의 고분은 내 일상의 한 부분이며 과거가 아닌 현재의 한 부분이 된다. 시인은 부족국가의 공동체적 운명에 희생된 그때의 그 소녀를 만난 순간 '명주실 별뉘'를 문득 발견한다. 고분군의 현장 발굴과정에서 햇볕에 오롯이 드러난 인골은 어느 새 시인에 의해 친구로 명명되고 '송현이'라는 이름까지 얻게 된다. 철모르고 뛰어놀았던 시인의 어린 시절은 철모르고 죽음을 받아들였던, 혹은 강제되었던 순장소녀의 모습과 오버랩되면서 처연함마저 들게 한다.

　저 어둠을 가르는 빛살 깊은 골짜기에
　천년의 시간들이 구름을 타고 달린다
　겹겹의 모래알들이 말갛게 얼굴 씻는

　우렁찬 호령소리도 한 줌 흙으로 누워있는
　소나무 가지 휘어지듯 넋들은 등이 굽고
　구름에 휩싸인 하늘 신라화랑이 달려 나온다

　그 시절 바람소리는 하늘에 가 닿고
　노을 진 첨성대에 만월이 걸릴 때쯤

반월성 말발굽소리 서라벌을 흔들고 있다

                                   —「무덤, 깨어나다」 전문

산기슭 적시던 달빛 안개로 지워지면
대숲 돌아온 바람이 시린 목을 휘감는다
용트림 동해바다가 시뻘겋게 일어선다

바람이 빗질한 길 꽃들은 머리를 들고
이슬 젖은 몸을 턴다, 햇살이 앉기 전에
천 년을 밝혔던 꿈이 나뭇잎에 흔들린다

잠 깬 오목눈이가 청솔가지 흔들고 가면
감로수 한 사발로 찬바람을 가두듯이
미륵불 환한 미소로 둥글게 바다가 물든다

                                   —「천년일출」 전문

　두 편 중 위의 시는 '―천마총 근처에서'라는 부제가 붙어 있고 그 아래 시는 '토함산에서'에서라는 부제가 붙어 있다. 천마총 고분군에서 발굴된 신라의 시간은 다시 '화랑'으로 옮겨오고 '말발굽소리'로 이어진다. 천년 고도 신라의 고분군에서 발굴된 무수한 역사적 흔적들은 수많은 이들의 시적소재로 활용되었고 지금도 활용되고 있다. 시인의 경우, 신라의 흔적들에 둘러싸인 창녕을 삶의 근간을 두었다는 점에서 각별함을 보인다. 언뜻 보이는 신라 화랑의 기상은 시인의 입장에서 예사롭지 않았을 것이다.「천년일출」에서 보이는 시적 감각 역시 비슷한 양상을 보이고 있다.

신라와 창녕이 한 몸이었을 것이라는 역사인식은 앞의 순장소녀
와 유사한 감흥이었을 것으로 판단된다.

> 미황사 도솔암에서 해질녘을 맞는다
> 모두가 부처인 양 꼿꼿이 허리 펴면
> 아득한 저 하늘땅이 한 달음에 달려온다
>
> 한 치 앞 갇힌 날들 밟히는 건 안개 뿐
> 꿈속 길도 이승 길도 경계만 피어 있다
> 죄업을 수놓은 걸음 천 배의 끝없는 행렬
>
> 배롱나무 뿌리까지 예불소리 잠겨들면
> 멀어졌다 밀려오는 천 년의 발자국들
> 땅 끝에 피어난 말씀 가슴에 옮겨본다
>
> ─「땅끝 예불」 전문

시인의 역사의식은 '천년'이라는 시간적 숫자를 통해 대체적으
로 집약되고 있다. 여행을 통해서 주로 만나는 역사인식은 일회
적일 수 있지만 시인의 경우 신라의 연장선상으로 이어지는 것
을 확인할 수 있다. '천'이라는 숫자가 가져온 합치점은 다시 고향
으로 이어진다는 것을 감안하면 천년 유적의 풍경이 고향 풍경과
유사할 수 있겠다는 짐작도 가능하다. 불교가 삶과 일상의 한 부
분을 이루었던 시대였던 만큼 일상과 종교와 국가의 풍습은 고스
란히 시인의 시적 내면화로 이어졌을 것이다.

5.

일상의 구체적 정황은 그때그때 이루어지기 마련이다. 계획을 세우고 잘 짜인 피륙처럼 반듯하고 팽팽한 시간의 결이 우리의 삶을 비루하지 않게, 허투루 버려지지 않게, 잘려나가 반쪽 남지 않게 잘 이끌어줄 것이라고 생각한다. 하지만 일상을 산다는 것은 그 자체만으로도 버거울 때가 많다. 미리 준비했던 패를 버려야 할 때가 더 많기 때문이다. 시시각각으로 변화되는 정황의 일들은 때로는 합리적으로 때로는 매우 엇박자를 놓으며 내 앞을 가로막는다.

내 인생 화면엔 미리보기 없었다
가끔 맑은 구름 속 흐릿한 모니터 가득
출발은 늘 찬란했던 설렘의 꽃수레지

혹, 미리보기 미리 볼 수 있었다면
단애의 저 바람꽃 솟구치는 심장박동
그 자리 손사래 치며 주저앉고 말았을

깨금다리 잰 걸음 전갈의 야무진 꿈
붉은 사막 달려온다 춘향인 듯 이몽룡인 듯
한 여름 소나기처럼 미리보기 없었다

　　　　　　　　　　　　　　－「미리보기」전문

한 치 앞만 미리 볼 수 있다면 내 인생이 지금보다 달라졌을 텐

데라고 말할 수 있을까. 그럴 수 있지만 그렇지 않을 수도 있다. 김임순 시인은 아마도 후자였을 것이라고 판단한 것 같다. 컴퓨터 화면의 미리보기를 통해 우리가 찾아낸 일상 내지 삶의 특이한 이면은 없다. 미리 본다는 자체만으로도 설렘은 찾아오지만 그 이상도 아니다. 좋은 일도 나쁜 일도 미리 볼 수 있다고 달라지는 것은 아무것도 없다는 뜻이다. 있는 그대로, 맞닥뜨리면서 수용하는 지혜로움을 택하는 것이 훨씬 낫다는 것을 토설한다. 지난한 삶의 여정을 미리보기 했다면 '그 자리 손사래 치며 주저앉고 말았을' 것임을 잘 알고 있다. 그래도 시인은 미리보기는 꽤 매력적인 유혹인 것을 감추지 못하는 눈치를 은연 중 내보이고 있다.

> 교실창밖 단풍나무는 눈빛으로 듣고 있지
> 붉은 물빛 가을 설움 겨울날의 하얀 기억
> 다 두고 아련한 정만 쓸어 담아 안고 갈게
>
> 애태워 가르쳤던 수많은 파일더미
> 대용량 외장하드 고래의 들숨 한 번
> 긴 시간 수고한 흔적, 흔적 없이 빨려든다
>
> 한 순간 압축되어 꼼짝없는 가상공간
> 쉬워서 허탈한 쓸쓸함의 한 줌 무게
> 나 또한 치열한 한 생 내려놓는 어떤 하루
>
> ―「쓸어 담다」 전문

위의 작품은 '―500기가 외장하드 디스크'라는 부제가 딸린 것으로 교사로서 살아온 날들에 대한 회한이 절절이 녹아 있다. 정기적으로 이동을 하는 교사의 직분은 미리 알고 있다고 해도 때가 되면 정들인 곳을 미련 없이 떠나야 한다. 흔적조차 남기지 않고 '아련한 정만 쓸어 담아 안고' 가야 한다. 컴퓨터의 외장하드에 저장한 지난날의 결과물들을 바라보고 있는 시인의 모습은 '허탈과 쓸쓸함'으로 보인다. 그것은 다시 '쓸어담다'라는 동사로 집약시켜 정서적 반향을 강렬하게 보여준다. 시인의 일상은 주로 학업과 관련되고 가르치는 것에 있으므로 수도 없이 외장하드를 활용했을 것이지만 반복되는 순환적 일상은 '한 순간 압축되어 꼼짝없는 가상공간'으로 이동되면서 와해의 순간을 만난다. 그러나 곧 '치열한 한 생'을 미련 없이 내려놓는 '어떤 하루'를 건져낸다. 일상이 자아의 존재적 가치를 일깨우며 현재적 시간으로 견인하고 있다는 것을 확인하게 된다.

　　오늘도 첼로소리 빈 가슴을 적십니다
　　딸아이 손끝마다 피어나는 뜨거운 빛
　　깊은 숨 짓누르고 흔들어야 살아나는 비브라토

　　심호흡 강약으로 쉼 박도 여운의 떨림
　　활, 팽팽한 긴장의 숨죽인 고요 속
　　깊은 강 달빛 드리워 건져 올린 저 울림

　　무너져 주저앉고 또 털고 일어섰던
　　애간장 녹이던 굳은살의 화음이여

내일은 또 오늘의 꿈 한 걸음 내딛습니다

　　　　　　　　　－「굳은살의 화음」 전문

　음악에 대한 남다른 조예가 있는 시인은 삶의 부분 부분을 조각보처럼 이어온 날들을 진솔하게 녹여냈다. 이 시는 첼로를 전공한 딸을 애틋이 여기며 쓴 시로 보인다. 첼로전공자로서 그간의 세월을 이겨낸 자식을 바라보며 새삼 절절한 마음이 된다. 첼로의 줄을 힘껏 짚으며 활을 켜는 딸의 손은 보낸 시간만큼 딱딱하게 굳어있을 것이다. '오늘도 첼로소리 빈 가슴을 적십니다/ 딸아이 손끝마다 피어나는 뜨거운 빛'이 「굳은살의 화음」을 빚어내었다. '무너지고 주저앉고 또 털고 일어섰던/애간장 녹이던 굳은살의 화음'은 결코 포기하지 않는 현재이며 미래이다. 과거에서 현재로 미래로 이어지는 '꿈'으로 현현된다. 뿐만 아니라, 「행성 모음곡 작품32」「첼로 협주곡 카덴차」로 이어지는 음악의 향연은 시인의 일상에서 음악이 차지하고 있는 비중이 매우 높음을 보여준다.

　　수고한 나에게도
　　선물 하나 할까보다

　　영화도 보여주고
　　꽃 한 송이 사다주고

　　생각이 열리는 순간

젖어드는 눈시울

-「선물」 전문

접시꽃 꽃접시로
식탁을 차려볼까

조물조물 유월 담아
그리움도 가지런히

조각보
청보리밭 질러
달려오는
한 아이

-「접시꽃」 전문

그간 치열하게 살아온 시인은 문득 자신에게도 '선물'을 해야겠
다고 생각한다. 선물은 주로 타자에게 해당된다. 하지만 그 인식
을 무너뜨리고 스스로에게 시선을 돌린 것이다. 열심히 살았으므
로 이에 표창장을 수여하노라의 식의 '수고한 나에게', '선물'을 주
겠다는 발상을 했다는 것은 매우 신선하다. '영화'도 보여주고, '꽃'
도 사다 주겠다는 것에 풋 웃음이 난다. 하지만 그것은 실제 상황
이 아니다. 그러한 생각에 시인은 오히려 '눈시울'이 뜨거워지고
있음을 보여주고 있다. 상이란 모든 것과 능력에 으뜸이거나 특
별한 일을 했거나 공로를 세웠을 때 수여되는 것이 일반적인 것
일진대 시인은 '정말 그러한가', 아니면 '충분히 그러하다'는 양가

적 의미에 더 눈시울이 뜨거워지고 있는 것은 아닌가. 시「접시
꽃」은 이제 시인의 시간이 과거에서 현재로 달려오는 것을, 현재
에서 다시 미래로 이어지고 있음을 화해와 치유의 의미를 담아
보여주고 있다. 시간은 항상 현재에 머무는 것이지만 어느 새 과
거에 머물러 사라져가려하거나 아직 오지 않은 미래에 닿아 아득
하다. '조각보/청보리밭 질러/달려오는/한 아이'의 모습을 한 시
인은 이제 막 잠에서 깨어난 아이처럼 말랑하다. 미래가 환하다.

6.

　김임순 시인의 작품을 읽으면서 한 개체가 저장한 기억은 시
간의 필연성 속에서 무르익거나 어설프거나 아직 여물지 못했거
나 하는 것을 체험적 순연 과정을 통해서 비롯됨을 알 수 있었다.
그것은 시인의 시선의 깊이에 따라 어떻게 육화되고 승화되는가
도 보여주었다. 어찌 보면 고백 같은, 또 어찌 보면 짠한 옛이야기
를 풀어내는 것 같다. 그러나 시인 자신의 삶의 여적을 오래 숙성
시키고 발효시키면서 사유와 성찰, 그리고 통찰의 과정까지 진술
하게 풀어내었다는 점에서 특이성을 갖는다. 과거의 시간이 결코
과거에만 머물지 않는다는 것을 시선의 채도를 통해 더욱 선연하
게 보여주었다.
　과거의 깊이 속에서 일상에서 현재를 발견하는 심미적 폐활량
은 김임순 시인의 것이지만 이제 '누군가'의 몫으로도 충분히 확
장된다는 것을 한 권의 시집을 통해 말할 수 있겠다. 이것이 다음
시집을 기다리는 희망찬 이유가 될 것이다.

시와소금 시인선 · 028

경전에 이르는 길
ⓒ김임순, 2015. printed in seoul, korea

....

초판 1쇄 발행 2015년 03월 10일

지 은 이 김임순 ｜ 펴 낸 이 임세한
기   획 박지현 ｜ 디 자 인 정지은 유재미

펴 낸 곳 시와소금
출판등록 2014년 1월 28일 제424호
출   판 강원도 춘천시 충혼길 20번길 4호
편   집 서울시 송파구 백제고분로45길 30, 301호
전자우편 sisogum@hanmail.net
연 락 처 02-766-1195, 010-5211-1195

....

ISBN 979-11-952142-6-6 03810